KB271432

싸리꽃 날리는 새골길

싸리꽃 날리는 새골길

2024년 3월 15일 제 1판 인쇄 발행

지 은 이 ㅣ 민이숙
펴 낸 이 ㅣ 박종래
펴 낸 곳 ㅣ 도서출판 명성서림

등록번호 ㅣ 301-2014-013
주   소 ㅣ 04625 서울시 중구 필동로 6(2층·3층)
대표전화 ㅣ 02)2277-2800
팩   스 ㅣ 02)2277-8945
이 메 일 ㅣ ms8944@chol.com

값 10,000원
ISBN 979-11-93543-56-6

싸리꽃 날리는 새골길

민이숙 시집

도서출판 명성서림

작가의 말

꿈을 좇다가 지치면
민소매 티셔츠에 밀짚모자를 눌러쓰고
헤진 청바지에 길을 나섰습니다.

어느 청춘의 봄도
휘어지도록 매달린 은행 열매가
영글어 보겠다고 아우성치는
초록이들의 반란도
늦여름 한낮이었습니다.

바람이 내려놓은 꽃잎 조각들
애잔해 눈물로 안았던 가을날도
눈내린 날 밟아 보았던 나의 뒷모습도

엄마가 그리워 찾았던
싸리꽃 날리는 새골길의 봄도
스치며 지난 시절 속에 있었습니다.

이제는 그랬으면 좋겠습니다
저무는 노을 향기에 도취하여
쉼을 갖는 여유를 느끼고 싶습니다.
삶의 알갱이는 오감을 자극하고
나와 함께 걸어왔습니다.

그 마음을 옮겨 담아 봅니다.

1부 · 시를 쓰는 올레길

2부 · 희야에게 띄우는 꽃잎 편지

3부 · 그려보는 이름

4부 · 빗줄기로 내리는 그리움

1부

· 시를 쓰는 올레길

사모곡

걷히다 못한 안개 하늘을 이고
칠봉산 중턱을 두른 채
고뇌의 한숨을 내뱉는가

밤새 천둥 번개 울어대고
억수같이 퍼붓던 빗줄기
가뭄의 단비란 걸 모른 채

걸어둔 향기 없는 꽃
어머님 계신 그곳은 안전하려나
근심 걱정으로 가득한 탓이겠지

너울너울 손짓하며 산 오르라 하고
짙은 안개 재치고 바라보는 햇살 스민다
웅크린 뒤 솟구치는 몸짓으로 깨어나자

엄마 꽃밭

석관동 단층집
철 대문은 잠그지 않는다
마당 한쪽에 피어난
백일홍 봉숭아 칸나 국화 맨드라미 채송화 달리아
꽃마다 쓰다듬는 애절한 손길
물을 나누며 훔치는 눈물을 보았다
뇌졸중으로 절룩거리는 남편
먼저 세상 떠난 아들
아픈 가슴 꽃밭에서 숨바꼭질한다
서러움 화초밭에 묻었다
지나던 이웃은 대문 틈 사이 발길을 멈추곤 했다
잔잔한 미소 지은 모습은 꽃밭이었다
엄마의 웅어리는 꽃의 향기였고
씨앗은 품은 고통이었다
유일한 낙이 되어버린 꽃밭
곱디고운 마음 닮아 벌 나비 날아들면 꽃은 웃었다
외로운 마음 꽃밭에 내려놓고 사시던 우리 엄마
꽃밭은 아들이었다

생일

이른 새벽
덜그럭거리는 소리
하얀 쌀밥
미역국은 또 언제
끓이셨을까

엄마의 마음이
내 마음을
진정시키지 못했다

밥에도 뚝
국에도 뚝
눈물이 뒤범벅되었고
생일 밥을 먹고
한마디 했다

"엄마, 맛있어!"

며칠 전
엄마와 함께
구절초 가득 핀 펜션에서
생일 파티를 했다

엄마는 말씀하셨다

"뚜껑 있는 세트 그릇에
쌀밥과 미역국을 먹어야
그게 바로 생일 밥이지"

엄마 지팡이

우산을 꽂으려 연 신발장

삶의 동반자
지팡이에 의지한 엄마가
앞으로 모습을 드러낸다

엄마를 부른다
엄마가 날 안고 서 있고
꼼짝도 못 한 채 바라보았다

정신이 멍했다
삶의 무게를 의지하면서
엄마가 지팡이를 짚고 간다

그날
엄마는 지팡이를 놓으셨고
아픔 없는 곳을 찾아 떠나셨다

아버지랑 약혼 사진을 찍었던
양 갈래 머리
봄 처녀 그 모습으로

증조 할매

고향 집 툇마루
바구니 하나 허공에 떠 있다

세월 풍파 등에 지고
굽은 허리 오르지 못하는 증조할매
짐 진 채 꼬부랑 걷고
새우잠 잔다

고개를 들어야 보이는 백발 속
골패인 이마 밑으로 흐르는
온화한 미소

바구니엔 쑥개떡 이야기가 소리치고
강원도로 시집간 손녀
증손주 찾아오는 고향의 방학
지팡이로 끌어내렸던 바구니 속 이야기
고향 집 툇마루엔 대바구니 매달려 대롱대롱

시집간 손녀는 할매 품에서 자랐고
손녀는 할머니를 엄마라 했다.
꼬부랑 할매 여운의 흔적 남긴 쑥개떡

엄마가 요양원에서

늦은 시간 요양원에 계신 엄마가
나 화장품이 떨어졌어
여러 번 생각하고 전화하신 걸 알기에

날 밝으면 딸 집에 가기로 한 날이라
돌아오려면 여러 날이 걸릴 듯해
먹거리를 챙기고 비대면으로 엄마를 마주했다
엄마는 수술한 부위를 먼저 보자고 하신다
걱정을 많이 하셨는지
얼굴이 눈에 띄게 안 좋아지셨다
화장품이 급한 게 아니라
얼마 전 턱 종양 제거 수술한 딸 모습이
보고 싶으신 것을

가는 길에 수척해진 모습이 마음에 남아
어디 아프냐고 물었다
'조금' 하신다
우리 엄마 조금은 많이 아프신 걸 알기에

하나 있는 딸 걱정에
몸까지 상하신 우리 엄마
앞세운 자식에 대한 두려움이 커
걱정이 태산이 되신 거다
착한 엄마
마음 짐은 언제 벗으려나
좀 더 연습해 걸을 수 있으면 같이 살자

더 사랑하지 못한 죄

동트기 전
어머님 누워계신 자리 위에
하얀 국화 다발 올립니다

마지막 가시는 길
미끄러지듯 레일을 타고 사라졌습니다
한 시간 남짓 걸려
큰 몸집은 분말이 되어 판 위에 누웠습니다
붉은 항아리 속으로
고개를 숙이고 몸을 구부려 가뿐히 들어갑니다
반세상 넘도록 살아온 휘경동을 돌아가는 길
아차산 너머로 떠오른 일출은
서러움을 참지 못해
부둥켜안고 우느라
해가 어딘지 구름이 어딘지 구분조차 어렵습니다

어머님 더 사랑하지 못한 죄
가슴은 우는데 눈물은 말라버렸습니다
아무도 소리 내지 못하고 머무실 그곳을
그저 바라만 봅니다

작은 소나무 아래 지어진 보금자리
고운 점토 항아리
아버님 어머님 나란히 계십니다
한 삽씩 떠 올려 좋은 곳으로 가시라 염원합니다

어머님 함께한 세월 간직하며 살아가겠습니다

새골집엔

심심 산골짝
휘어진 능선 겹겹이 서 있다.
는개 스멀스멀 걷히고
들마루에 걸친 마음 하나
만 가지 물감 겹겹이 쏟아 놓고

한 발짝이면 한 고개씩
넘어볼까 수없이 타협했었다
계단 옆 비탈 텃밭엔
부추가 푸른 촉을 키워 꼿꼿이 자라나고

앞산은 걸친 옷을 벗고
정원을 자유롭게 정리했다
가득 담아 보는 꽃 지게
한 걸음 한 걸음 되짚는 새골집

앵두나무 밑엔 똬리 튼 뱀 한 마리
경계하는 나를 째려본다.
사라진 새골집
서운해
능선 타고 펼치는 노을 치마

하늘을 이고

감자 수확이 끝나고
옥수수의 계절 강원도 여름

객지에서 공부하던
가족 모두가 모일 수 있는 여름 들마루

그 밤

옥수수 감자 마음 내주고
은하수 따라 흐르는 곳
점 찍어 보면 북극성 손가락 맞춘다

별을 품에 안는 밤
맛있게 익어가는 계절
여름방학

울 엄마 생각

손녀와 국수

한입 잡아 올린 국숫발
끊여지질 않고 살랑거린다
애쓰다 사레들까 걱정스럽지만
오물거리며 얼굴까지 흔들린다

만개한 귀여움
국숫집 손님들 다 쳐다본다
어묵꼬치를 고사리손에 지어주는 손님

고운 귀요미가 국숫집 문턱을 넘자
졸려 업으라 하더니 깊은 잠에 빠져든다
바람에 떨어지는 꽃잎
비 오듯 날린다

백일홍 약속

도로가 담장 낮은 시골집
들어가는 입구에 나지막이
얌전히도 자리 잡고 동그레 웃고 있네
백일홍 가을꽃이라 했다

꽃잎 돌돌 말린 내 노년을 보는 듯
가는 길 멈추고 한참을 바라보았다
어느 날 피었길래 지려 하나
말린 꽃잎 살살 펴봐도 그 자리로 돌아간다

백일을 기약했으면
그만큼 피어 있어야지
난 그렇게 알고 있었어
백 일 동안 피고 지는 꽃이라고

검은 머리 파뿌리 될 때까지
살자 하더니
약속 어긴 내 사람도
밑없이 떠났으니 사는 게 그런 건가 봐
지킬 수 없는 약속
백일홍 약속

초하루

가래떡, 국거리 고기, 견과류
향초를 싸 들고 친구가 왔다
제야의 종소리를 함께 듣자며
혼자 있을 내가 마음 쓰였다고
들켜버린 속내가 울컥하고 고맙다

보신각 종소리를 귀에 담고
작은 소망하나 새겨 본다

슬픔 한 대접 친구와 나눈 초하루
안개꽃 한 다발 속 장미 한 송이
식탁에 두고 새해를 맞았다

작년 정월 초하루
갈비뼈에 금이 갔던 우리 엄마
누워 있어도 코로나란 질병은 찾아왔고
질병이 찾아온 길은
돌아올 수 없는 길이 되었다

작은 얼굴에 귀여운 미소
엄마가 보고 싶은 정월 초하루

손녀

얼마나 기다렸는지
손잡고 놀이터 갈 수 있는 날을

얼마나 기다렸는지
속닥속닥 이야기 나눌 날을

얼마나 기다렸는지
마주 앉아 음식을 나눌 날을

내 손 끌어 침대에 앉히고
소곤소곤 귀엣말로 비밀 애기도 나눈다

잠결에 할머니 강아지, 할머니 손녀 속닥속닥

깡충깡충 춤도 추고 노래도 불러준다
반찬이 맛있다고 폭풍 칭찬도 아끼지 않는다

이런 날이 왔다
얼마나 기다렸나
정겨운 날들

2부

· 희야에게 띄우는 꽃잎 편지

존중

길은 멀거나 가까워도
도착지가 같은 느낌으로
오지는 않는다

명절이 다가오면
마음은 이미 바쁘고 그립다
밤도 콩도 샀다

"아무것도 하지 말고, 그냥 오기만 해요"
추석맞이를 용인에서 한대요

당신을 소홀히 생각하는 건 아닙니다
인정하기까지
속박으로 갇힌 마음
수없이 들락거리며 잡았다 놓았다
마음속 길을 생각도 따라가라 나서고

물집 통통하게 잡힌 발가락
아픔도 잊은 체
생각에 젖어 들고
들마두 앞에 핀
보랏빛 국화가 애달프다

하염없이 걸으며 한 생각
당신도 용인으로 와요

편지 1 - 코로나

큰일 날 수도 있어
엄마 약을 안 먹으면

들릴 듯 말듯 "못 넘기겠어"
"엄마 이럴 거면 다음 생에 딸로 날 낳지 마!"
모진 소리를 해도
어떤 의미인지 미소만 지으신다
부탁이야 약 좀 넘기라고 언성을 높여도
힘겹게 넘긴 약은 넘기지 못하고 뱉어낸다
안절부절못하는 내 모습이 보기 싫은지
눈을 감는다
결국

엄마!
우리 엄마는
덜커덕거리는 침상 위에 하얀 백합꽃을 덮었다

두 손 꼭 잡고 잔 밤이 소중해 애달프다
격리실 공간 안에 혼자 두지 않길 너무 잘했어
다음 생에 엄마 딸로 낳지 말라는 말
빈말인 거 알지
엄마 고맙고 사랑해
곁에 갈 때까지 영원히 사랑해

엄마는 늘 봄이었어
지고 난 후에도 싹을 돋게 하는 봄
나에겐 또다시 봄이 올까?

편지 2 - 안부

엄마가 말했잖아
엄마 향한 내 사랑이
증손한테 나뉘었다고
떼쓰듯 투정을 부리곤 했지

그땐 잊었어
치매 앓는 울 엄마
어린아이가 돼 버린 걸
더 많이 사랑하고 안아주고
얘기도 들어주고 놀아줬어야 했는데
생각 깊이가 부족해 떠난 뒤에 실감하니

엄마! 엄마 말이 맞았어
반쪽 사랑이란 거
치매를 앓는 것조차 잊어버릴 때가 많았으니

곁에 둔 반쪽이들
싹도 틔우고
행복으로 가득한 수레도 끌고
사랑에 빠져들어
젖혀지지 않던 팔도 어부바해주고
마음도 편해졌어
엄마 이젠 서운하지 않지
반쪽 사랑 남겨두길 잘한 거지

편지 3 - 다시 찾은 봄

반쪽이들
눈동자는 꿈으로 피어났고
입은 고운 언어를 뱉어내고
코는 샐룩샐룩 귀염이 폭발하고
귀는 소리를 따라 하는 요술쟁이
사랑해 안아주는 두 팔은
부러울 게 없고
달려드는 두 다리는
나를 지탱하게 하는 힘이야
콩닥콩닥 숨소리 장밋빛 노을이 되고
사랑해 할미 세상 다 얻었으니

다신 오지 않을 것만 같았던 봄
만개한 봄 위에 나비 날아드네!

편지 4 - 희야

희끗희끗한 머리카락
고요한 미소
엉덩이 빼고 앉은 모습이 낯설어
한참을 바라본나
세월이 야속하다며 탓도 해보고

50원짜리 노을 빵
50원짜리 아이스크림 하나
낭만을 가꾸고 손잡고 걷던 새골길
달빛 환한 밤도
어둠 속 반딧불이 날던 숲도
같이 바라보고 같이 걸었지
꿈을 공유하던 많은 날
늘 우린 동행자였어

그 밤
나누던 대화 속에
나는 널 보고 백발이 귀엽다고 했고

넌 내 이름만으로 마음이 울컥했다며
감성 한 모금에 주체할 수 없어
잘 자라고 마무리했지!
늦가을 지는 낙엽이 예뻐서 전화하며 울었잖아
그땐 왜 울었고
이 밤엔 왜 우는 걸까

꽃잎 편지 하나 띄어 전해 본다
보고 싶다고
그립다고

질병

언제 내렸는지
촉촉이 젖어 있는 아스팔트
선별진료소 가는 길
비 온 뒤라 상큼하다

보건소에서 파출소까지
늘어선 사람들
결과가 놀랍다
대부분이 양성 확진자란다
오순도순 식사 한번 한 적 없는데
억울해

시간 흐른 만큼
마스크 쓰고 참아온 만큼
얼마가 될지 모르는 그날을 기다린다
희망이 없는 건 아니겠지
우리 손녀 나팔꽃마냥
활짝 웃고 떠들고
뛰어놀아야 옳은 봄이지

달콤한 사랑

사랑의 매듭 묶였어

시時도 장소場所도 가리지 않고
걸려오는 페이스톡

할머니 우리랑 같이 살아
"그랬으면 좋겠어"!

귓전에 뱅뱅 맴도는
달콤한 목소리

무너진 가슴에
꽃을 피워준 손녀
사랑의 마술사

얼굴

보름 지나
달은 살짝 기울었고
마트로 가는 밤마실

달이 동그랗다
기운 달도
손녀 눈엔 보름달로 보이나 보다

손녀가 집으로 돌아간 날
나도 보았어
둥근달을
사랑이라는 착시현상

그 남자 그 여자

귀여운 남자
얼굴 큰 여자

눈 작은 남자
눈 큰 여자

커플 반지를 꼈다
분명한 건 희끗희끗 흰머리
중년이다
서 있을 때도 그냥 있지 못해
붙어있다가 팔짱을 서로 나눈 채

착석한 후
여자는 책을 펴들고
남자는 그 시선 위에 머문다
결국 책은 접었다
꺼낸 사탕을 깨문다
반씩 나눠 입으로 넣고는

가방 안도 같이 보고
여자 파우치도 같이 본다
남자 배낭에 책을 넣은 여자
눈을 감는다
남자는 어깨를 여자 얼굴에 내어준다
지하철 맞은편에 앉은
나는
그들이 아름다워 넌지시 바라본다
나도 그런 때 있었어

生

사랑하면
눈빛이 다정하다
모습만으로도 느끼지

어떤 분노로 참을 수 없었을까
마음엔 구멍이 뻥뻥 뚫리고
차마 어찌하지 못해
생겨난 수백 개 상처는
그들을 대변이라도 하듯
보이지 않는 눈물 흘린다

그 여자
그 남자
누구의 눈물인지 모른다
겉과 속이 너무 달라
알 수 없으니
토닥토닥 말이라도 걸어볼걸

어디서 다시 시작할지
염도 꼭 맞는 소금물처럼
아끼며 살아갔으면 좋겠다

친구라 하네

세월을 함께 먹고
유니폼을 입은 밤색 청색 시절을 나눴다

오락기 앞에 앉았던 갤러그
바삐 움직이는
우주 안에 정체를 잡으려 애썼던 그때

그리다 못 그린 빈 공백으로 남았어도
이야기로 엮으면 글 집이 되리
사십 년 모두가 주인공

빛이 되고 힘이 된 정체 모를 버석거림
삶의 소금이 되었다

존재했기에 힘이 되었고
손길은 좌절도 일으켜 세우는 벗이었지

세월 앞에서 웃는다
여기저기 아프고 쑤셔도 보는 것만으로
위안의 마음이 인다
그 마음을 친구라 하네

하루

눈 오는 날
두 발짝 꼭꼭 찍었지

백색의 자국은
벌어지기도
오므라지기도
나란하기도
내 하나의 발자국도 가지가지

앞만 보고 살아온 난
한참을 바라보았어
보잘것없는 허구
공(空)했음을 일깨워준 뒷모습

이륙하는
짧은 삶일지라도
시간은 흐르고
야음은 생각을 덮고

긴 한숨 속
꽃 피우려 애쓴다
잠 못 드는 밤 너무 길다

거리감

점점 커지는 그와의 거리
어디서부터 시작인지 모른다
끝없는 터널
빠져나오려 몸부림칠 때
오른발 왼발 발맞춰 준 동행자
멀어져 가는 인연인가
머물러 보자
억지로 엮으려 애쓰지 말아야지

3부

• 그려보는 이름

마음 담은 도시락

또닥또닥
두릅을 따다가
아버지 도시락 생각이 났어

계절마다 달랐던
요술 도시락

뚜껑 열면
두릅은 살아나
초원을 만들었지

산딸기가
오디, 머루, 다래, 고사리
변신했던
아버지 도시락

좋아하는 가족들
흐뭇하게 바라보시던
눈빛
막걸리 한잔이면
그저 좋아하셨지

돌무더기 위에 앉아
'아버지' 불러본다....
떠다니는 구름 사이
빼꼼히 바라본다

시절 인연 스쳐 고마운 날
생각도 인연인걸

시집가던 날

선명한 흑백사진 한 장
지난 세월 야속하다 전해주듯
반으로 접힌 선명한 자국

원삼 족두리 쓰고 연지곤지 꽃단장
옷고름 살짝 적시며 19살 곱디고운 새색시
우리 엄마 시집오던 날
고운 자태 곁에선 멋진 신랑
사모관대 쓰시고 단령 입으신
사진 속 있는 우리 아버지

곱게도 했을 약속
백년해로 지키지 못하고 참 염치도 없다
한참 들여다본 사진 속 새신랑

딸을 좋아하셨던 아버지
약주 한 잔 드시던 날엔 꼭 나더러
발을 닦아 달라셨지요

한번 단 한 번
닦아드릴 수 있다면
그리운 내 아버지

동생을 보내고

갈대는 혼자 울지 않는다
지나던 바람이 사납게 흔들어
아픔을 주는 거지

호리호리하게 피어난 갈대 무리
맑은 강물 위에 모습을 찍는다

배 타고 갔던 이모 집
낙동 뱃길
지금은 일교 이교 다리가 생겨났다
세월 따라 많이도 변했건만

고향 땅 가는 낙동강 습지를 따라
흐르는 너울 길에
널
한 줌 한 줌 띄워 보내고
갈대숲에 숨어 삼켰던 눈물
갈대도 팔을 껴안고 서걱서걱 울어댄다

흔적은 가슴에 묻었다
고향 땅 상주 가는 길
낙동강변엔
빈 항아리만 남았다

인연

눈꽃바람 머리를 헝클어댄다
어떤 인연은 눈 날리듯
떨어지면 녹아 버리고 흔적도 없다

시름시름 마음 앓이처럼
인연이란 짧게도 길게도 오가는 거지
온전히 머물지는 않는다

사람과 자연도
인연으로 왔다가 때가 되면 숨어버린다
끝없이 함께할 수 없는 것

마음 주머니 헐렁해도 괜찮다
털어내면 또 시작된다
주머니 공간 비우고 채우는 것

인연이란 그런 거야

노을은 초라하다

생전
처음 보았지

그런 모습을

돌아갈까
말까

나는,

환갑 생일

한 상차림 받고
돌아오는 길

서쪽 하늘
가득 부어놓은
붉은 페인트

동쪽 하늘엔
무지개 피어났다
그곳에 당신 있어
축하 선물을 보내는 건가

백일홍 채송화 달리아
가을 뜨락에
예쁘게 피었다

인연이 된 사위
사랑하는 딸 손녀와 신나게 보낸 하루

잘 웃던 당신 생각
아쉬움 너무 커
울컥대는 마음은
같이 하지 못하는 순간 때문이겠지

그리운 친구

휘적이며 반긴다
여백 사이로 내민 얼굴
혼자인 줄 알았더니
어깨에 슬쩍 손 올린 억새

날씨가 서러워 울음 울고
가는 길 잃었다
부지런한 척
발걸음 가을을 쫓고

귓전에 흐르는 음악은
그냥 가라 하네

구절초 바람결에 보내온 편지
찰나를 잡지 못해 읽지 못했어
보고싶다는 얘길 거야

청춘 각양각색의 삶이
숨바꼭질하듯

어릴 적 라멘교 다리를
지날 때 두근거림

늦은 밤 수북이 쌓인 은행잎
친구 생각나 건 통화
그냥 긴 시간 우린 울었지

센티멘털한 가을이라서가 아니라
친구가 보고 싶은 거였어

연꽃 타고 간 사람

물안개도 떠난 세미원
텅 빈 호수를 둘러싼
산마루엔 붉은 너울 햇살

그를 따라갔던 두물머리 지나
세미원의 연꽃 나들이
클로버 줄기 엮어
꽃팔지 선물해 준 사람

자판기 커피 한잔
연잎에 맺힌 이슬처럼 곱게
살자던 약속을 잊은 사람

천 년 동안 꽃을 피운다는 연꽃

수반 위 마른 연꽃 한 송이가
웃는 모습으로 피어나
떠나보냈던
마지막 날을 기억합니다

나는 장님이 되었습니다.
이곳저곳 아무리 둘러봐도
그도 연꽃도
보이지 않습니다

죽림사

그녀는 웃고 있다
오른쪽 볼 보조개가 이쁘다
떠나는 그 길이 행복한 걸까
이승 떠나 만나야 할 인연이 있어서일까

몇 해 전 여름휴가 때 머문 곳
사찰에 피고 지던 다래 순 다듬어
공양을 나누곤 작은 것에 기뻐했지
빼곡히 피어난 텃밭에 하얀 민들레
바구니에 담던 날
홀씨 불어대던 손길 잊지 못했건만

바람 타고 날려간 홀씨
사라진 자리에 푸릇푸릇
민들레 싹은 돋아나고
앉아 있던 나무 그늘 벤치도 그 자리
절 마당 석탑도 그 자리
울어대는 산까치 소리

잉태한 봉우리 뽀족이 내민 복숭아꽃
남쪽엔 목련도 입을 열었다
사찰 찻방엔
한 소쿠리 가득한 서러움 종일 내리고
차와 수다 친구
착한 엄마 49재 날
잘 가요
우리 엄마

우리라서

달래지지 않는 거센 바람
인사동을 휘몰아 모아놓은 우리

해임은 오는 길에
만남이 고마웠다고 생각에 젖어 들었대
살그머니 눈물도 마중을 나왔대

혜경은 아프고 손주 육아로 힘들 때
만남이 돌파구였대
공유하는 우리 모임이 가족 이야기가 되었대

희경은 건강을 염려해 주고
그냥 그 자리에 있는 모두가 감사했대
우리들의 아가씨 모두를 품는 큰 그릇

리치호숙은 자나 깨나 건강 전도사
머무른 오늘이 함께라서 최고래
오늘이 제일 예쁜 날이라고

미초는 삶에 지침이 왔을 때 그래도
유일한 버팀목이 우리였대
애교쟁이 40년 동안 정산을 맡아 봉사해 주는

임섭이는 지금, 이 순간이 소중하고
수십 년 유지된 우리가 큰 자랑거리래
앞을 봐도 뒤를 봐도 나이 들지 않는 비결이 뭔지

미선은 모두 수고 많았대. 고맙대
내년엔 전임교수가 된다는 기쁜 소식도
예쁜 며느리 볼 날도 며칠 남겨놓았고

순희는 60대 중반에 명문대학원
마지막 학기를 남긴 열정파
시험 보느라 불참
사랑하고 고맙다는 메모를

나는 20대 곱고 예쁜 시절에 만난 우리가
60대가 된 지금도 생각은 그때로 머물러

가슴에 난 이 량 가득했던 욕심 내려놓고
우리라서 폴폴 묻어나는 행복 향기
2분 토크 감동이었어

함께한 40년 세월
같이 가는 그날까지 사랑합니다

하루 만 보

뜨거웠던 여름
발등에 남겨진
선명한 샌들 자국

한나절이 다른
가을 빛깔
수십 번의 물집, 상처
육신이 다 힘들어도
지키고 싶었던 약속

밤이면 보내온
칭찬 담긴 격려
잴 수 없는 큰 사랑

난
느껴지는 그 마음이 좋다

친구

그리움에 젖은 날은
얼마나 될까

행복했던 날들은
얼마나 될까

하나
둘
셋 손가락으론 꼽을 수 없고

그냥
너였기에
마음속에 담았고

그리움은
더하기가 아닌 곱이 되었지

같은 종교 생활을 했던 도란도란 우리들
산사에 깊은 정서도 나눌 수 있었고

기억이란 벗은
고여 있는 물과 같아
잊히지 않아 머물 뿐

4부

· 빗줄기로 내리는 그리움

사선의 사이

사선으로 내리는
빗줄기 아름다워
내 몸을 스치고 지나도
모르는 척하고 싶은 날

내리는 비는
굵은 줄기로 장난을 걸어오고
의자에 묻어온 빗방울
통통 튕기며 동행한다

사선의 틈 사이로
보이는 사람들
움직임이 바쁘다

길 건너 시장 첫 집
떡집엔 김이 오르고

그리운 사람
빗줄기 타고 당신도
몰래 왔다 갔으면 좋겠다

내리는 빗줄기
바람과 친구 되어
내 모습 보고 웃었다
즐기는 내가 부러운가

내 남자

TV에서 유재석이
메뚜기처럼 냉면을 먹는다

맛있는 냉면집
청량리에 있다며
혼자 먹지 않고
포장해 오던 사람

오이채를 썰고
계란을 삶아
퇴근 시간에 맞춰
물을 끓이고
기다렸던 사람

"나 안 먹어" 볼멘소리에
한 번만 먹어보라며
국숫발 올려주던 사람

옆지기 그 남자가 보고 싶다

우리 동네

눈 감아도 보이는
새골 맨 꼭대기 집

대추와 개복숭아가
가지마다 활처럼 휘어 열렸네

하늘은 열린 문으로
온 세상을 다 보는데
작은집 하나 보질 못하니

그 집 안부가 궁금하네

술찌

인간은 날 때부터 고독하지
감출 수 없을 만큼
고독의 크기가 자라면
감당할 수 없이 자라는 상처의 번짐

술김에 내뱉은 말
타인에게 비수로 꽂히지만
이튿날 술 앞세워
침묵으로 전하는 미안해 라는 말

인간은 누구나 외롭지만
아닌 척 살아가는 거야
거칠고 험한 건
손바닥이 아니고 손등인 것

그가 가여워 실컷 울었다

술이란
술이란 말이야
적당하면 행복하고
지나치면 몰락히는 것

모노레일

누워서 봄 하늘을 볼 줄이야
고지가 높아서일까
기다림을 알고 이제야 만개한 걸까
벚꽃이 흐드러지게 피어 반긴다

겹겹이 지붕 삼은 소나무의 푸르름
가파른 오름길 꼿꼿하게 서 있고
고단한 세월 이겨 낸 자신감
코끝까지 스멀거리는 나이테 연륜

나만의 아지트
마음속에 담아본다
소나무의 꼿꼿함을 닮아 살라 하네
또 하나의 의미를 준 모노레일

바람 따라

조화 가닥가닥 엮어
찾아온 공연장

사그작 프르륵 나뭇잎 화음 소리
흔들림 보듬는 대지

작은 소리로 흐르는 냇물
음복 한 모금 적신다

머리카락 마구 헝클어뜨린
바람은 지휘자
회람 없는 편지 한 장 띄운다.

당신이 그립다

까치

창 너머 까치가
할 말이 있다고 불러댄다
좋은 일이 있으려나
마주치자 웃는다

콧노래 흥얼거리며
스킨답서스 가지 하나
가름한 병에 꽂았다

늦은 오후
걸려 온 안부 전화
반가운 목소리
친구가 고맙다고
내 어린 날이 공기줍기를 한다
둘이 마주 앉아서

나를 돌아본 날
까치가 울더니

찰나의 오류

멀리서 주시하는
집요한 눈빛

퇴근길의 헛헛함을
달래려는 순간

까마귀 떼 지어
모여들었다

재빨리
가방 속에 집어넣은
허기진 고독

두려움에
눈치만 보다가
무서움에 떨었다

나눌 것을
지치고 배고픈 까마귀 함께

레일 바이크

추억에 실려 달렸다
멍에
좌우로 흔들어 떨어진다

바퀴는 인정사정
봐주지 않았다
언제 맞았는지
다리엔
붉기도 푸르기도 한
꽃이 피어났다

마음과 발은
균형을 맞추지 못하고
세월 탓이겠지
느긋하게 가야 한다는 것

힘들 때 곁에 있어 준 친구
웃고 달리고
함께 바라본 하늘
아름답디
함께 나눈 사진 몇 장

살만한 일상 중 하나

여행이 준 기쁨

구속

떨어질락 말락
한 마리 거미
안간힘을 쓴다

탈출해야 하나
아니야
조금 더 단단한
집을 지어야지

더 깊은 수렁에
갇혀 버린 거미

그래도
내 집이라
떠나지 못한다

〈동시〉

달달한 나의 친구

사르르 녹아내린다
달콤한 입맞춤
돌아서면 또 생각나고
널 느끼는 순간 기분이 좋아
잊을 수가 없네

너와 친구가 된 날부터
난 뚱뚱해도 좋아
난 충치가 생겨도 좋아
난 널 원하는 마음뿐이지
답답한 내 마음 달래 준
널 사랑할 거야

여름날 뜨거운 내 마음
시원하게 해 준 고마운 너
달달한 사랑에 빠져버렸어
나의 몸매는 어쩌나

– 하은이와 함께

노 보살님

돌아보니
수줍게 미소 짓는다
가파른 절골길
어찌 오르시려나

"차량 운행 못한다고 하면
택시를 타세요"
할 말이
그것밖엔 없었다

좌 복위 마음 낮추고
귀의하시는 모습

기도 방석 젖을까
법당 맨바닥에
무릎 모으시지
않으면 좋겠다

간절한 원願이
무엇이길래

지금 부처님을 만나야 합니까
호우 주의보 내린 날

지축역의 인연

부처님 법 앞에 만난 도반

서둘러 채비를 끝내고
가벼운 마음으로 나선 길
하늘은 청청하건만
더위는 비켜서지 않네

갈아타고 다다른 곳 지축역
경전을 배우던 시절
도반으로 맺은 시절 인연

내려놓고 일심으로 정진하고
버림을 깨닫게 해준

정신과 심신이 지쳐
벼랑 끝일 때
잡은 손 놓지 않았다

기도는 오랜 시간 모으는 마음이란 걸
도반들은 생활에서 알려주었다

극한 상황에도 마음 내어주던 귀한 인연들
같은 생각으로 부처님 법 설함을 받고
시원한 차 한 잔

지축역의 깊어져 가는 수다
찻잔 속에 맴돈다

타종 소리

해바라기 빼곡히 핀
산사의 초입은 정겹다

정암사 수마노탑
국보 332호로 지정된 희소식
산사의 마무리 타종 소리

수마노탑에 올라 가족의
안부를 간절한 마음으로
귀의했다

일배에 모이는 묘한 마음
두배에 생겨난 간절함
가족을 위한 감사함을
삼배에 모았다

타종 소리도
염불 소리도
목탁 소리도
지심귀명례 뛰어갈 뻔한
마음의 움직임

내적 이야기

뽀얀 속살을 만져보라고
수줍게 내 손 끌더니
마음속에 사는 당신 생각나
슬픔 한 대접 쏟고
걸쳐 입은 옷
한 겹 한 겹 내려놓는다
어떤 두려움에 겹겹이 입었을까
얼어붙은 마음 말 못하고
떨구는 낙수
여문 마음
눈물겹지 않기를
속내 보듬는다
초록빛 여린 잎 틔우고
시간 지나
갈색 옷 갈아입는 날
재회할 양파

5부

식물성 정서가 키운 감성

사랑

방글방글
저승꽃 같이 활짝 피어
알알이 박혀 힘겨워
푸욱 고개를 떨군다

80년대 초반
만난 영화 해바라기
인물과 배경
직선에 가까운 긴 에스컬레이터
해바라기 끝도 없이 늘어선 평지
신선한 충격이었다

해바라기꽃 피울 때쯤이면
기억 속에 머문 생각이 스멀스멀 기어나온다

해바라기꽃의 양면성
엄마가 된 후 기억되는 느낌이 달랐다
영화 속 배경처럼 아름답게만 보이진 않았고

들숨 날숨 지침에 숨겨진 평온함
열매를 안고 품은
아픔을 잊은 척 파안대소

아이를 품은 엄마의 모습 같아
사랑스럽게 느껴지더라

아카시아꽃 피면

지붕을
하얗게 덮은 꽃내음
소환되는 기억들
뻥튀기 조롱조롱 피어나
추억을 먹었지
줄기에 매달린 잎새
가위바위보 소리마다
목젖이 보이도록 웃던 친구들
잊지 않고 찾아오는 春(춘) 시절
찔레꽃 피면 약속이나 한 듯 올랐던
향토 빛 오솔길
땟국물 조르르 흘러도 부끄럽지 않았어
눈치 빠른 솔바람 언제 왔는지 마음도 고아라
살살 겨드랑이 간지럽히네

도라지

나를
너무 아는 척하지 마세요

연보라 눈물
그리움을 만들었어요

건들면 톡톡
터지는 눈물

보랏빛 도라지꽃
몰라서 미안해요

나는 알고 있었어요
꽃 피울 그날을

사과나무 사랑

젖몸살 앓은
선홍빛 몽우리
며칠 앓더니
하얀 꽃잎 다섯 조각
활짝 피어났다
치장하고 사랑 나눌 기다림
짧았으면 좋겠다
맺지 못한 사랑으로
낙오되지 않기를
봄바람 불어 흔들림에
입맞춤하는 걸 못 본 척했다
충만한 햇빛 받아
태풍 불어도 꿋꿋이 이겨 내
굵고 둥글게 붉은 열매로 만나자

스킨답서스

초록을 닮아
스치는 바람마저 초록이다

비바람 불어 대던 그런
새벽 있었을까

눈물 머금은 두려움
초록 끝에 매달고 밝히는 햇살

산고의 희망 하나
연둣빛 잎새 곱다

산딸기

산골 여름 한낮 골짜기엔
산딸기가 향기를 품어내고
새콤달콤 미각으로 군침이 돈다

산딸기 품은 숲에는
뱀이 산다고 산모기도 많다고
가지 말라는 신신당부도
계집아이들과 어울리면
하얗게 지워져 버렸지

팔뚝에 실타래
지그재그 수를 놓았고
긁힌 가시 쓸림도 아픈 줄 몰랐던

하얗게 긁힌 선들은
침으로 발라 지워도
붉게 파인 줄은 지우지 못해
들통나곤 했던 산딸기 이야기

새콤달콤 바꾼 회초리 자국

꽃물

양팔 벌린 떡잎
잎새 생겨나고

꽃 피어 품으면
사랑도 익어간다

잉태를 품은
조롱조롱 맺힌 사랑

성난 볼딱지 건들지 마라
꼭 다문 입술

봉숭아 꽃물 번지면
곱디고운 손녀 손톱엔 빨간 꽃이 피었다

꽃피고 잎 진자리
누런 잎 허물을 훌러덩 내린다

봄 산 뜨락

진달래 몽우리
뾰족이 입 내밀어
꽃잎 틔우고

소월의 바짓가랑이
꼭 붙들고 있네

시간 흐른다
애틋함에 취해

어느새
여울지는 낙조
긴 여운 드리우고

다 비우고픈
일상의 탈출

아,
할머니 등 같은 뒷산 언덕에
누가 꽃불을 놓았을까
꽃구경 가자스리

당초唐草

바짝 마른 텃밭에 모종을 했다
축축 처진 잎 사이로 꽃은 피고 지고

찜통더위 비바람 폭우
꿋꿋이 이겨 내고 가지엔
나날이 식구가 늘었다

고운 빛깔 물드니 탐스럽고 고맙다
손 닿을 때마다 스치고 지나는 바람
수고했다고

해바라기

꽃노을 지고
씨앗 품은 해바라기
힘겨움에 고개 떨군다
둥그레 노란 햇살 지고 나니
씨알이 익은 사랑
가득하구나
지치지 마라
다시 꽃 피울 시절 그려 보자
서러워 마라
윤회의 길 들어서

봄

장항선 열차를 타고
홍성역에 내렸다

그림이 있는 정원
조화를 이룬 사람과 자연
빼곡히 박힌 돌담 사이
얼음장을 뚫고
살짝 내민 복수초
노란 물감을 풀기 시작했다

담장 밑 틈 사이엔
봄 햇살 훔쳐
납작 엎드린 제비꽃
봉오리 지고
기다림이 답답했던 걸까
아직 이른데

봄소식 물어온 바람
도란도란 나눈 대화
풀어내지 말아라
비밀이야기

익어간다

계절은 익어
고개 떨군 과실나무
살찐 몸매 견디지 못해 쏟아내는
풍성한 열매들의 반란
마구 뿜어낸다

어느 때였던가
그런 시절
잎새 곱게 물들어 바람에 떨어지면
눈물이 났어
서러움에 커진 울음소리 눈물자국
아무 일도 없었는데
감성이 예뻤던 거지

내 마음은 곰삭은 묵은지
뭉그러지고 희미해져
흐느적거리는 몸부림으로

찌들어 보잘것없어도
그것도 나잖아

토닥토닥 사랑한다
익어가는 계절 한 살

향기로 내게 온다

바람 한 줌에
익어가는 가을 향기

바람결에
스치는 추임새에도
가을 냄새 스멀거리네

힘겨웠던 여름 한낮
기억에서 희미해져 가면
스미는 가을빛 추억

바람으로 열리고
하늘빛으로 열리니
감성으로 젖어든다
눈물 마중 나온 길 따라
가을의 술래가 되는 향기

6부
일상의 가을 앓이

말

상처 주지 마
반드시 순리대로 돌아온다

내 얘기는 귀하고
네 얘기 함부로 옮기지 마라

말은 상대와 주고받는 것
말은 이자가 복리란다

마음에 독화살 꽂혀도
맞서려고 하지 마라

사랑으로 감싸 안아라
미워하지 말아야 한다

그래야 마음이 편하다
그래야 행복하게 살 수 있다

가장 소중한 건 바로 나
지금 아끼고 사랑하자

남은 네가 될 수 없다
나만큼 날 잘 아는 사람이 없기 때문이지

빈집

무너질 듯 삐딱한
슬레이트 지붕
누군가 살고 있다곤
생각지 못했다
기울어진 대문
집을 둘러싼
잡초는 썩어가고

초입엔 보랏빛 국화
여린 가지에 꽃을 피우고
기다림에 지친 듯 힘겹다
가을이란 걸 알았을까

가지런히 널린 바지
빨래걸이엔 상의가
빼곡히 걸려 있다
셀 수 없는 양말의 수

한참을 서서
이리 보고 저리 보고
누군가 산다는 걸
증명한 건 처음이다
사시사철 다 지나도록

그럴만한 일이 있었겠지

마음

톡 하고
이슬 한방울
나뭇잎 사이로 떨어져
내 얼굴 타고 내린다
아마도
내 마음 들켰나 봐

이유, 그 흐린 날

보슬비
부슬부슬 내리길래
서두른 출근길
여유로움이 되레 좋다
벚꽃 활짝 피어나
봄소식 한아름 전해오고
바람이 내려놓은 꽃잎
웅덩이에 빠져 파르르 떠는 봄
살짝 대어본 운동화 사랑
꽃잎 다가와 입맞춤한다

전철 안에서 보았다
작가 미상의 그리다 만 수채화
미완성으로 남긴 안개 자욱한
황홀한 명작 한점

비가 내려 흐린 건 아니었어
마음 탓이었지
여유롭게 나선 출근길
흠뻑 젖어 보는 봄맞이

오월이 오면

신록으로 가득한 산하
우거진 고요 속
풍겨오는 숲 내음
향기를 품어내고
숲속엔 개울 흐르는 소리 들려온다
아카시아꽃 조롱조롱 알갱이 익어가면
싸리꽃 하얗게 물들어 오지
오르던 좁은 오솔길
나지막이 피어난 제비꽃
수줍어 고개 숙인 봄
그리운 계절
그 시절 존재했던 것들은
머물지 않아도
기억 속에 호흡한다
오월이 오면
함께 나눈 그들이 그립다

가을 소리

바람마저
익은 계절이 온다
푸르름에 묻어 나는 풋내

비바람 천둥 번개에 익어
단내 나는 가을
힘겨웠던 여름
희미해지고
갈색 향기 바스락거리는 소리
소환되어

예약 끝난 시월 여행
한 켤레의 쓸쓸함을 신고
어디론가 자박자박 걸어가는 가을 소리

밤마실

눈썹달이 이야기 걸어오고
내밀어 준 손 위에 올라앉는다
반달을 채우려 허덕이다 힘이 든 걸까

고개 돌렸다고
달은 어디로 갔는지
구름 많은 날
가려진 거야
들락날락하며
잠들지 못하는 긴 밤을

동심에 젖으며
구름, 달, 나 셋이 하는 술래놀이

멍하니 비우고 놀다가
희미하게 밝히는 아침은 달을 다그치고
인사도 없이 사라져간 밤놀이

커피 한 잔 들고 찾았던 하늘 계단
독백으로 끝난 이야기
텅 빈 빈자리 메워지지 않는 조각들
기다려도 이룰 수 없는 지친 약속

그나마
찾아올 달빛 한아름 끌어안을 마음으로
다시 올 밤을 기다린다

밤바다

둘이 떠난
처음이자 마지막 여행지 만리포

벗어날 수 없는 그리움에
찾아왔건만

바다는 한 치 앞도 허용하지 않는다
떨리는 불빛만 너울거리고

울어대는 파도는
숨은 바다를 찾느라
헉헉대는 소리만 들릴 뿐

고요한 아침 바다
안개 속 어렴풋이 모습을 드러낸다
파도는 지난밤 찾아 나선 길
힘들어 주저앉았다

만리포 추억만 남기고 떠난 언니야
날아간 철새도
때가 되면 돌아오건만

텅 빈 모래사장 토닥토닥
달래보는 그날

소중한 환경

하늘 바람 나

지난여름 폭풍으로
삐딱하게 누워버린
사과나무 한그루 서 있다

한낮 숨죽인
놀이터 거짓처럼 고요하다
무리 지어 노닐던 새 떼들
연락이 끊겼네

코로나의 위력
아무도 막지 못해 숨어들었다
얼마나 기다렸던가
이 봄을
삶의 생동감은 문턱 넘듯 꼭 오리라

청태산

푸르름을 품고
친구를 품고
숲에 안긴다

누가 먼저랄 것도 없이
순위 없이 반기는
나무와 초록 사이 구름도
몽글몽글 둥글다.

황톳길 내 발을 감싸 안고
양손으로 나눠 든 운동화

나무에 그린 마음
초침 분침 달아
사랑으로 만든 꽃시계

나이도 내려놓는다
이순 고개 넘어 뛰고 떠들 수 있는 곳
자연의 품아닌가

가을 앓이

높아진 하늘
가을 세상은 알록달록 곱다
어둠은 급하게 낮아지고
숨바꼭질하듯 숨어든다

혼자가 아닌데
혼자가 되는 계절

베란다에 피어난 노란 장미
한더위에도 향기를 피워내더니
가을 타고 숨어들었어

감정이 숨지 못하고 드러내는 속내
기뻐도 눈물
슬퍼도 눈물
빈 바구니 가득 채워지는 가을 노래들
계절에 머물 수 있는 순간
낭만이 늙지 않음을 선물로 받았어

다홍으로 다가올 가을을
기다리는
가을 타는 여자 좀 보게

그립다

봄이 오면
영월 청령포
따라나선 가족여행

막걸리 슬슬 넘어가고
뒤통수에 걸친 선글라스
취기 손님이 찾아온다

'삼각지 로터리에'
시작되는 노랫가락
마음이 순했던 아버지
얼굴도 미남이셨고
나들이 복장은
가죽점퍼에 가죽 부츠

힘들었을 엄마의 노고
누구의 그 사람이 되고서야 알았다
그런 남자 감당하기 어렵다는 걸

트로트가 열풍인 요즘
마냥 보고 싶은 아버지

청령포 가는 뱃길
한 폭의 기암절벽
나눴던 도시락

오늘도 나서보는 가족여행

풍경

이슬이 적셔 놓은
나뭇가지
다리를 툭툭 친다
손이 바쁘다
이곳저곳 훔치며 오른 곳
해는 어느새 따라와
오름에 동행한다

포항에서 국도로
이름 없는 바닷가 가는 길
짙은 안개 한 치 앞이 가물거린다

동네 어귀에 차를 세우고
낮은 계단을 따라 오른 정상
수평선, 모래사장, 장엄한 바위

이슬이 맺힌 흔적도
안개가 가는 길을 막았는지
사라진 풍경이
마치 인생행로 같다

가을날

길을 걷다가
두 발을 낙엽 속에 숨겼지

우리 율이 생각이 났어
네 발을 꼭 모아
사진을 찍어 봐야지

시
평

식물성 인자因子
그 순수성純粹性이 빚은 고갱이 의식

– 민이숙 시인의 시집 『싸리꽃 날리는 새골길』론

복재희

시인 · 수필가 · 문학평론가

1. 프롤로그 – 민이숙 시인, 그 개성의 표정들

시인은 개성을 표현하는 점에서 그가 살아왔고 또 살고 있는 현재를 상징으로 그려내고 시적오브제를 대상화한다. 다시 말하면 시인의 관심사가 집중되어 표현될 때, 자연스레 시인의 개성도 따라오는 연결고리로 나타나게 되는데 때로는 강인한 사람의 표현도 있고 더러는 섬세한 여성적 정서가 화려한 시적의상 詩的衣裳으로 입혀져 시로 말을 시작한다.

　민시인의 경우 시의 표정 거개가 식물군과 따뜻한 인간애를 대상으로 나타내는 것은 곧 정신지향에 따라가는 시인의 시심詩心을 의미하는 것이라 본다.

　민시인의 원고를 감별한 첫인상은 〈싸리꽃 날리는 새골길〉이란 시제에서 느끼듯 도시적이 아닌 전원적 터전이 시의 태반이라서 자연에서 체득된 순수한 서정성을 입은 작품들에서 따스한 인간애외 고이한 표현들이 일품이었다.

　글이 따스함을 지닐 때는 독자의 차가운 체온을 녹이는 기능을 한다는 것을 민시인은 태생적으로 간파한 인자囚子를 지닌 시인이란 판단이다.

　또한 궁극적으로 글이 목표로 하는 것은 인간의 마음을 위로하거나 위무慰撫하는 역할에 집중될 때 작가의 소명은 성취되는 의미를 갖는다는 것도 이미 알고 있는 시인이란 말이다.

　그렇다. 작가의 체온을 독자에게 이르게 하기위해서는 숙성된 마음의 재료가 누구보다 남다른 요소를 갖추고 있어야만 한다. 그러기 위해서 필요한 것은 삶의 체험이 깊어야하고 이를 운용하는 언어의 적재적소適材適所의 융합적 배치에 따라 글의 모양새는 다르게 전달된다는 것을 간파한 시인이란 뜻이다.

　민시인의 작품은 한마디로 - 머리로 사는 사람의

글이 아니라, 가슴으로 사는 사람의 글이라서 은은하
면서 깊은 글 향은 독자의 가슴에 오래 머물러 충분
한 공감대를 이루어 같이 울고 같이 웃으리란 확신이
다.

　또한 민시인의 글은 부처님의 무한한 자비하심에
시의 자리를 정해 두니 용서와 감사가 넘치지 않을
수 없고 시를 접하는 독자들에까지 따스한 위로의 체
온을 전달하는 시적 특질을 지니고 있어 필자에게도
큰 기쁨이 인다. 1부 작품 중에서 효심이 빚은 〈더 사
랑하지 못한 죄〉를 감득해 보자.

동트기 전
어머님 누워계신 자리 위에
하얀 국화 다발 올립니다

마지막 가시는 길
미끄러지듯 레일을 타고 사라졌습니다
한 시간 남짓 걸려
큰 몸집은 분말이 되어 판 위에 누웠습니다
붉은 항아리 속으로
고개를 숙이고 몸을 구부려 가뿐히 들어갑니다
반세상 넘도록 살아온 휘경동을 돌아가는 길

아차산 너머로 떠오른 일출은

서러움을 참지 못해

부둥켜안고 우느라

해가 어딘지 구름이 어딘지 구분조차 어렵습니다

어머님 더 사랑하지 못한 죄

가슴은 우는데 눈물은 말라버렸습니다

아무도 소리 내지 못하고 머무실 그곳을

그저 바라만 봅니다

작은 소나무 아래 지어진 보금자리

고운 점토 항아리

아버님 어머님 나란히 계십니다

한 삽씩 떠 올려 좋은 곳으로 가시라 염원합니다

어머님 함께한 세월 간직하며 살아가겠습니다

- 「더 사랑하지 못한 죄」 전문

23행으로 장시長詩에 속하는 작품이다. 시詩가 길어
진다는 것은 그만큼 시인이 할 말이 많다는 뜻이기도
하지만 시의 본질이 응축凝縮인 만큼 자칫, 독자로 하

141

여금 밟히고 산만을 초래할 수 있음을 민시인도 알고 있다. 하지만 목숨과 같은 어머님을 보내야만 하는 "마지막 가시는 길 / 미끄러지듯 레일을 타고 사라졌습니다 / 한 시간 남짓 걸려 /큰 몸집은 분말이 되어 판 위에 누웠습니다"라는 절규로 이루어진 작품이라서 전문을 실었다.

난해하지 않은 작품이라 해설은 사족蛇足일 뿐이다. 단,

시는 설명은 철저히 금해야한다는 점을 권하고 싶다.

위 작품에서

"작은 소나무 아래 지어진 보금자리

고운 점토 항아리

아버님 어머님 나란히 계십니다

한 삽씩 떠 올려 좋은 곳으로 가시라 염원합니다

어머님 함께한 세월 간직하며 살아가겠습니다"이 두 연은 독자의 상상의 몫으로 남겨두었더라면 하는 필자의 변이다.

민시인의 시詩는 사심이 없다. 시詩에 욕심은 질서를 세울 수 없고 무질서는 시가 아니다. 구지 법정스님의 무소유 철학을 대입하지 않더라도 시는 버리고

응축이 되어야 한다. 그 자리에서 탄력이 나오고 감동 또한 자리하게 되는 이치다.

여러 시인의 글을 접하다 보면 성정대로 시를 탄생시키는 면면을 만나게 된다. 값싼 액세서리를 주렁주렁 단 시어도 있고 어머니의 손맛처럼 담백한 시어로 독자들의 상상의 폭을 넓혀주는 시어도 만난다.

단연코 감정은 절제되고 시어가 단정한 후자가 시의 품격을 갖춘다 하겠다.

한마디로, 슬픔도 기쁨도 작가는 억제하지만 독자가 발견하여 흠씬 울게 하는 – 시 너머의 시를 발견하려는 시심에 근력을 붙인다면 태생적으로 감수성이 풍부하고 섬세한 민시인의 글 여정에 문운이 환하리란 생각에서 욕심을 부린다. 삼가 어머님의 명복을 빌면서 민시인의 효심어린 여러 작품들 〈초하루〉〈생일〉〈사모곡〉〈엄마지팡이〉〈엄마가 요양원에서〉〈하늘을 이고〉〈엄마 꽃밭〉이 독자에게 큰 사랑을 받으리라 확신한다. 한 수 한 수 마음 밭에서 눈물로 엮은 민시인의 지난한 시적 여정에 필자도 눈물로 마음을 포갠다. 맘껏 그리워하시다 후일 그 곳에서 만나 꼬옥 안아드리리라고...

2. 희야에게 띄우는 꽃 편지

꿈과 희망을 건네주는 우정의 상징은 꼭 우정만을 강조하는 것은 아니다. 시인의 휴머니즘이 인간관계의 따스함을 글로서 백지에 앉혀서 살포시 마음을 기록해 두는 일이다.

일제 강점기시절 한용운 이나 이육사의 우정은 조국애로 묶여서 죽음도 불사했다면, 너도 가난하고 나도 가난한 - 보편적 가난으로 허덕이던 그 시절에 소꿉친구는 동심을 넘어 하나가 되는 자화상일 수도 있기에 산업화로 급성장한, 다시 말해 배부른 시대를 사는 지금도 여느 사람과 달리 예민한 촉수를 지닌 시인들의 가슴 밑동에는 옹이처럼 그 시절의 기억이 자리하고 있음이다.

민시인의 정서에는 요란하지 않고 고요한 시어들로 전 작품이 구성된 특질을 지닌 서정시인이다. 구정물에도 향기로운 꽃을 피우는 식물성 정서는 민시인이 지닌 시적자산이라 본다. 그러하기에 시인의 작품들은 하나같이 상당한 서정성이 발휘되는 시적 고갱이가 우뚝하다.

이는 공격적이지 않은 포용정신을 지닌 불자佛子임도 그의 시의 자산이라 본다.

　2부 작품 중에〈편지 4 희야〉를 만나 작가의 눈물은
닦아주자.

희끗희끗한 머리카락

고요한 미소

엉덩이 빼고 앉은 모습이 낯설어

한참을 바라본다

세월이 야속하다며 탓도 해보고

50원짜리 노을 빵

50원짜리 아이스크림 하나

낭만을 가꾸고 손잡고 걷던 새골길

달빛 환한 밤도

어둠 속 반딧불이 날던 숲도

같이 바라보고 같이 걸었지

꿈을 공유하던 많은 날

늘 우린 동행자였어

그 밤

나누던 대화 속에

나는 널 보고 백발이 귀엽다고 했고

넌 내 이름만으로 마음이 울컥했다며

감성 한 모금에 주체할 수 없어

잘 자라고 마무리했지!

늦가을 지는 낙엽이 예뻐서 전화하며 울었잖아

그땐 왜 울었고

이 밤엔 왜 우는 걸까

꽃잎 편지 하나 띄어 전해 본다

보고 싶다고

그립다고

- 「편지 4-희야」 전문

4연24행인 위 작품은 한 폭의 수채화로 다가오는 서정시의 언덕이라 봐도 될 수작秀作이다. 그 이유로는

2연이 작품의 중심적 의미임에도 많은 세월을 유추할 상상을 1연에 배치시키는 시적기교가 돋보이는 작품이다.

새골길? 어디에 있는 길일까? 독자가 궁금할 수 있어 기록한다. '새골길'은 시인의 작품에서 낙동강이란 시어로 유추해 보면 경주의 새골길이 아닌 강원도 정선군 함백리에 위치한 동심의 새골길이 분명한듯

하다.

산의 형태가 새鳥를 닮았다하여 생긴 지명이기도 한 그 길은 부친의 광산업으로 태백에서 어린 시절을 보낸 필자의 발자취도 배어있는, 가슴절인 이름이다. 지금은 골프장이 들어서 푯말만 덩그마니 세워져 있는 그 산골에서 민시인은 우정을 키우고 꿈을 키운 "50원짜리 노을 빵 / 50원짜리 아이스크림 하나 / 낭만을 가꾸고 손잡고 걷던 새골길 / 달빛 환한 밤도 / 어둠 속 반딧불이 날던 숲도 / 같이 바라보고 같이 걸었지" 그 희야를 먼저 보내고 그리움의 꽃 편지를 시로 띄운 작품이다.

"늦가을 지는 낙엽이 예뻐서 전화하며 울었잖아 / 그땐 왜 울었고 / 이 밤엔 왜 우는 걸까" 이 작품에 백미白眉라 기쁨이 인다. "왜 우는 걸까"라며 자신에게 독자에게 물어보는 시적정치망은 민시인의 상당한 시력詩歷을 말해주는 명징이다. 시인의 걸어가는 글길에 문운이 환하리라 본다.

3. 사별의 아픔이 준 시적 자산

시詩는 시인의 거울이다. 거울 속에는 한 시인의 일생이 담겨져 있고 수많은 사연이 녹아있기에 저마다

의 개성을 갖고 있다. 시인은 시를 통해 자기의 희로애락을 표현하는 고백이 근간이 되어 상상이라는 기저基底에서 자신의 모든 이미지를 여백에 표현함으로써 독자는 한 번도 만나지 못한 시인을 시를 통해 울고 웃는 공감대를 형성하게 한다.

시는 더불어 창작이 아니라 혼자 자기를 나타내는 독백獨白으로 여러 감정을 표현하게 되는데. '나'로 출발해서 '너'로 지향하는 이동의 관계망을 가질 수밖에 없다. 여기서 감성균형은 감동을 유발하게 되는 이치이다. 너와나의 관계를 일탈逸脫하면 독백은 허무에 지나지 않기 때문이다.

또 강조하자면 시는 절제節制의 예술이라서 감정을 흘러넘치게 만드는 것이 아니라 줄이고 응축하여 절제의 이성을 앞세울 때, 언어의 탄력은 곧 시의 특징으로 자리할 수 있다는 논지이다.

혹, 독자가 내 시를 이해하지 못할까라는 염려는 시인의 몫이 아니다. 그저 시인은 돌멩이를 연마해서 보석으로 만들 듯 언어의 연금술로 시적 소명을 다 하면 되는 것이다. 예를 들면,

노란 개나리 또는 빨간 장미는 시어가 아니다. 개나리가 시인의 감정에 젖어 검게도 희게도 보여야하는 언어의 전이현상을 동원할 때, 시는 그 품격에 다가

간다 하겠다. 이러한 훈련을 민시인의 감수성은 이미 깨달아

〈마음 담은 도시락〉〈동생을 보내고〉〈인연〉〈노을은 초라하다〉〈연꽃 타고 간 사람〉 등, 작품마다 꽃목걸이를 걸어드려야 하는 책임에 필자의 어깨가 무겁다.

3부 작품 중에 클로버 줄기 엮어 꽃 팔지 선물해준 〈연꽃 타고 간 사람〉을 만나보자.

　　물안개도 떠난 세미원
　　텅 빈 호수를 둘러싼
　　산마루엔 붉은 너울 햇살

　　그를 따라갔던 두물머리 지나
　　세미원의 연꽃 나들이
　　클로버 줄기 엮어
　　꽃팔지 선물해 준 사람

　　자판기 커피 한잔
　　연잎에 맺힌 이슬처럼 곱게
　　살자던 약속을 잊은 사람

천 년 동안 꽃을 피운다는 연꽃

수반 위 마른 연꽃 한 송이가
웃는 모습으로 피어나
떠나보냈던
마지막 날을 기억합니다

나는 장님이 되었습니다.
이곳저곳 아무리 둘러봐도
그도 연꽃도
보이지 않습니다

- 「연꽃 타고 간 사람」 전문

위 작품은 "수반 위 마른 연꽃 한 송이가 웃는 모습으로 피어나"는 것에서 "연잎에 맺힌 이슬처럼 곱게 살자던 약속을 지키지 못하고 먼저 떠난 사랑했던 사람의 마지막 날이 시종자가 되어 완성된 작품이다.

"클로버 줄기 엮어 / 꽃팔지 선물해 준 사람 / 자판기 커피 한잔 / 연잎에 맺힌 이슬처럼 곱게 / 살자던 약속을 잊은 사람"이라는 시어들에서 얼마나 순수하고 지고지순한 인연이었음을 발견하게 된다.

별도 달도 따준다며 허언虛言하던 사람이 아니라 두툼한 손이지만 클로버 줄기를 엮어서 민시인의 손목에 꽃 팔지를 묶어준 그 깊은 정을 시인은 오롯이 독자에게 전달하는 소임을 다한 작품이다.

마지막 연을보자.

"나는 장님이 되었습니다" 이런 표현은 아무런 꾸밈이 없지만 삽상颯爽하기 그지없는, 단 한 줄로 민시인의 우주만큼 큰 아픔을 직면하게 하는 바로 글의 힘이다. 그러하기에 그 다음의 3행은 설명문으로 전락되어지기 쉽다.

시인들이 시작詩作에 들어서서 시 한편을 완성한다는 것은 그야말로 피를 찍어 쓰기도 하지만, 예를 들자면 "나는 장님이 되었습니다"에서 '나는'을 넣을까 넣지 말까를 놓고도 상당한 고민을 거듭하는 ─그렇게 탄생한 한권의 시집이 커피 한 잔 값과 비스름한 문화도 이해가 안 되지만 이런 시집을 거저 받아가는 문화가 팽배한 이런 실정에서는 노벨문학상은 묘연하다는 생각이 필자의 우울함이다.

꽃을 사랑하고 사람을 사랑하는 민시인의 고독한 마음결에 시가 늘 위로가 되어주기를 두 손 모은다.

4. 민이숙 시인의 고운 시샘

예술의 전개에 두 가지 형태가 있다면 하나는 설득이고 하나는 설명이다. 풍경이나 보여 지는 사실을 전개하는 방식과 어떤 물상에서 숨어있는 감동을 유인해 나가는 방식으로 나뉜다.

고흐의 낡은 〈농부화〉는 그 그림 한 장에, 숨은 어느 농부의 고된 삶이나 피나는 노력을 설득하는 표현으로 독자를 생각의 바다로 이끌어가는 방식이다. 또한 시에서 시제는 전체를 100%으로 봤을 때 30%의 비중을 차지한다. 시의 첫줄역시 신이 주신다는 의미로 해석 될 만큼 독자로 하여금 눈이 번뜩 띄게 할 궁금증을 유발해야 한다는 사실이다.

시의 마지막 줄은 강력한 임팩트로 설정되어야 한다는 기교이다.

'~ 다'로 끝난다면 실패의 확률이 높아지는 경우를 만나기 십상이다.

이 전제에서 시제를 잘 앉힌 작품 〈찰나의 오류〉〈구속〉을 만나보자.

멀리서 주시하는

집요한 눈빛

퇴근길의 헛헛함을
달래려는 순간

까마귀 떼 지어
모여들었다

재빨리
가방 속에 집어넣은
허기진 고독

두려움에
눈치만 보다가
무서움에 떨었다

나눌 것을
지치고 배고픈 까마귀 함께

– 「찰나의 오류」 전문

떨어질락 말락
한 마리 거미

153

안간힘을 쓴다

탈출해야 하나
아니야
조금 더 단단한
집을 지어야지

더 깊은 수렁에
갇혀 버린 거미

그래도
내 집이라
떠나지 못 한다

– 「구속」 전문

위 두 작품에서 〈찰나의 오류〉는 민시인의 경험에서 나온 것이고, 〈구속〉은 민시인의 내면의 시선이 건진 작품이라 본다. 비교적 짧아서 두 편 이어 소개하기도 했지만 두 편 다 시제 선택에 점수를 주고 싶어서이다. 아무리 길어도 시가 될 수 있고 아무리 짧아도 시가 아닌 예를 종종 만나게 된다.

첫 작품〈찰나의 오류〉에 5연 "두려움에 / 눈치만 보다가 / 무서움에 떨었다"는 이미 3연 "까마귀 떼 지어 / 모여들었다"에 어느 정도 포함된 상상으로 봐도 무관하다는 생각이다. 시에서 겹쳐지는 의미는 과감히 제거해야 시 맛이 살아난다고 기록한다. 이 작품에서 시인의 심성을 알 수 있는 시어는 '나눌 것을' 단 네 글자에 오롯이 보인다.

두 번째 작품 〈구속〉은 시제와 메타포가 신선한 느낌을 주기에 충분한 작품이다. '거미'대신에 우리 자신을 투영해도 시의 의미는 통한다.

"떨어질락 말락 / 한 마리 거미 / 안간힘을 쓴다"에서 거미는 우리네 삶이랑 거반 다르지 않다는 시각을 갖게 한다.

"탈출해야 하나 / 아니야 / 조금 더 단단한 / 집을 지어야지" 마음대로 되지 않는 인생사에서 좌절 대신에 더 옹골찬 결기를 갖게 하는 시어 역시 우리네 인간사와 같다하겠다.

"더 깊은 수렁에 / 갇혀 버린 거미 // 그래도 / 내 집이라 / 떠나지 못 한다"란 표현은 비통하긴 하지만 어쩌랴! 우리네 인생이 그런 것을, - 간결미가 돋보이는 수작秀作이라서 평을 하는 필자도 기쁨이 인다.

5. 만나고 싶은 시인, 그 이름을 기억 한다

  기독교인들은 하나님의 지극한 '사랑'이란 범주에서 구원을 향한 갈급함을 신앙으로 삼는다면, 민이숙 시인은 부처님의 무한한 '자비'의 가피加被를 생에 중심에 두고 있음이 시어 곳곳에서 발견되는 것으로 미루어 시인의 사고 속에 담겨진 종교적 의상은 불가의 세계관이 뚜렷한 불자의 의상을 입고 있음이 명징하다. 불교를 동양철학이라는 카테고리 하에서 깊이를 이해하자면 탐욕貪慾이나 미혹迷惑내지는 노기怒氣를 인간의 번뇌로 보고 이러한 망집적 번뇌는 나를 고집하기 때문이라는 해석이 타당하리라. 고苦, 무상無常, 비아非我의 이치를 깨달아 나의 것이라고 집착하고 요구하는 일들이 수행修行 정진의 지혜로 깨어져 망집이 사라질 때 비로소 나라는 오만과 내 것이란 욕심조차도 내려놓을 수 있는 해탈解脫의 경지이거나 열반涅槃의 경지에 도달하리라. 누구나 깨닫기만 하면 부처가 될 수 있다는 심오함을 앙모하며 진중한 삶을 엮어내려 안간힘을 쓰는 - 천생 시인일 수밖에 없는, 꽃을 사랑하는 민시인의 5부 작품 중에서 〈해바라기 사랑〉을 만나보자.

방글방글
저승꽃 같이 활짝 피어
알알이 박혀 힘겨워
푸욱 고개를 떨군다

80년대 초반
만난 영화 해바라기
인물과 배경
직선에 가까운 긴 에스컬레이터
해바라기 끝도 없이 늘어선 평지
신선한 충격이었다

해바라기꽃 피울 때쯤이면
기억 속에 머문 생각이 스멀스멀 기어나온다

해바라기꽃의 양면성
엄마가 된 후 기억되는 느낌이 달랐다
영화 속 배경처럼 아름답게만 보이진 않았고
들숨 날숨 지침에 숨겨진 평온함
열매를 안고 품은
아픔을 잊은 척 파안대소

민시인은 1970년대 비토리오 제시카 감독의 영화 해바라기Sunflower를 작품에 소환한다. 소피아로렌, 마르첼로 마스트로야니 주연으로 불꽃같은 사랑이 전쟁의 비극으로 인해 헤어져야 하는 줄거리로, 이탈리아의 명작 중 하나로 꼽히며 해바라기의 OST 주제곡 "Loss of Love"는 유명한 곡이다. 이 영화에 끝없이 펼쳐진 해바라기를 기억한다면 민시인의 나이도 어느 정도 유추가 되는 점이고 시집가신? 함백에서 가까운 태백시에 해바라기 축제가 있음도 인지하시리란 생각에 닿으니 미소가 벙근다.

1연에서 "방글방글 / 저승꽃 같이 활짝 피어 / 알알이 박혀 힘겨워 / 푸욱 고개를 떨군다"에서 마지막 '고개를 떨군다'는 '힘겨워'라는 시어의 도움으로 '푸욱'하고 마치고, 다음 연으로 넘어갔으면 하는 아쉬움이 살짝 든다.

2연은 '해바라기"영화의 배경이 마침하게 앉았다.

시인의 의도가 있음직해서 따라갔더니

　4연에서 ”해바라기꽃의 양면성 / 엄마가 된 후 기억되는 느낌이 달랐다 / 영화 속 배경처럼 아름답게만 보이진 않았고 / 들숨 날숨 지침에 숨겨진 평온함 / 열매를 안고 품은 /아픔을 잊은 척 파안대소“ 엄마 된 후의 시인은 세계관에 눈이 열리게 되니 - 아름답게만 바라보던 해바라기가 알알이 아픔을 잉태하고 하늘을 바라기 하는, 마치 아이를 품은 엄마의 모습 같아서 ”사랑스럽게 느껴지더라“로 탈고한 작품이다. 해바라기와 시인의 일체감이 의도된 대로 잘 전달이 되고, 잔잔한 매력이 이는 작품이어서 민시인의 서정성이 흐벅진 느낌이다.

6. 밤마실 간 추억의 소묘素描

　허무는 고독의 입구를 지나오면 만나게 되는 얼굴이고, 허무를 알고 나면 고독은 더욱 친근한 모습으로 다가오는 발걸음 소리를 들을 수 있게 된다.

　이를 외면하려는 인간의 노력은 언제나 피할 수 없는 외길에서 만나 함께 돌아오는 동반자가 될 때 고독은 인간의 곁을 떠나는 것이 아니라 인간의 곁으로 돌아오는 친구와 같은 것이다.

고독은 스스로를 알게 되는 과정에서 만나는 일종의 자기 찾기의 처방일 수도 있다. 그러나 이를 적대감으로 생각할 때 고독은 무서운 복수의 칼날을 준비하고 인간을 침몰할 계략을 꾸미게 된다.

인간은 고독과 맞서서 침몰하거나 승리하거나의 결과에 따라 두 가지의 예상을 상정하게 된다. 즉 전자에서는 위대한 인간의 승리를 개인의 위업으로 돌릴 수 있고 후자에서는 패배의 인간으로 낙인이 찍힐 수 있다. 결국 고독은 인간을 성숙시키느냐 아니면 위축시켜 패배라는 팻말을 걸게 되느냐의 시험 무대인 셈인데 민시인의 옥고에서 보여 진 사부곡이나 사모곡, 먼저 떠나보낸 동생이나 친구 등 – 여린 시인이 감당하기엔 천형이 아닐 수 없을 진데 그럼에도 시를 사랑하고 꽃을 사랑하고 살아있는 모든 생명을 사랑하는 측은지심은 가히 시인이 지녀야 할 가장 아름다운 지평이란 생각에 닿는다. 유난히 가을을 좋아할 것 같은 민시인의 〈밤마실〉에 우리도 동행해 보자.

고개 돌렸다고
달은 어디로 갔는지
구름 많은 날
가려진 거야
들락날락하며
잠들지 못하는 긴 밤을

동심에 섯으며
구름, 달, 나 셋이 하는 술래놀이

멍하니 비우고 놀다가
희미하게 밝히는 아침은 달을 다그치고
인사도 없이 사라져간 밤놀이

커피 한 잔 들고 찾았던 하늘 계단
독백으로 끝난 이야기
텅 빈 빈자리 메워지지 않는 조각들
기다려도 이룰 수 없는 지친 약속

그나마
찾아올 달빛 한아름 끌어안을 마음으로
다시 올 밤을 기다린다

– 「밤마실」 전문

　세상의 언어에서 가장 심오한 의미를 담는 그릇은 시에서 비롯된다. 이는 아름다움이나 고상한 정서를 그리는 작업이 아니라 의식의 가장 심오深奥하고 깊은 샘물을 길어 올리는 일이라야 시어에 꿈이 맺혀지기 때문에 시어는 곧 시인의 정신이 집약된다 하겠다.

　1연에 "눈썹달이 이야기 걸어오고 / 내밀어 준 손 위에 올라앉는다 /반달을 채우려 허덕이다 힘이 든 걸까"라는 고운시어로 출발된 작품에서 '그립다'라는 표현이 전혀 없어도 눈썹달과 대화하는 시인의 고즈넉한 외로움 내지는 진한 고독을 발견한다.

　5연에 "커피 한 잔 들고 찾았던 하늘 계단 / 독백으로 끝난 이야기 / 텅 빈 빈자리 메워지지 않는 조각들 / 기다려도 이룰 수 없는 지친 약속"에서 발견되듯이 민시인은 한 잔의 커피를 들고 달과 구름을 벗 삼아 기다려도 이뤄질 수 없는 그 지친 약속을 한 누군가가 그리워 달을 다그쳐 아침을 맞는 절대적 고독이 시의 메타포이다. 그럼에도,

　지치지 않는, 지칠 수 없는 그리움의 대상을 향한 마음은 마지막 연에서 밝힌다 "그나마 / 찾아올 달빛 한아름 끌어안을 마음으로 / 다시 올 밤을 기다린다" "그나마"란 시어가 어찌나 가슴을 후비는지 필자의

콧날이 아프다. 한마디로 고갱이정신이 뚜렷한 수작
秀作이라서 먹먹해 진다.

7. 에필로그 – 민이숙 시인의 시는 들꽃처럼 고아高雅
했다

　민이숙 시인의 시에는 완성도 높은 시적 경지를 위
해 늘 고뇌하는 땀방울이 역역하다.
　사물과 상황을 바라보는 시선이 고아高雅하고. 광
범위한 영역을 두루 해석하는 상상의 질량이 상당한
지점에 이르고 있다.
　이는 확고한 신념이 뼈대를 이루면서 삶과 시를 일
체화로 생각하는 유연미가 있다는 점이다.
　또한 시인은 시인이기에 충분한 태생적 시샘이 가
슴에 넘치는 달란트를 부모로부터 선물 받은 시인이
란 명징이 옥고 곳곳에서 발견하게 한다.
　이타적인 삶의 방향을 생에 가장 중요한 근간根幹
으로 삼아 어떠한 어려움에도 희망을 길어 올리려는,
길어 올릴 수 있는, 내공이 튼실한 시인이란 확신이
든다.
　사족蛇足없는 맑은 시어를 만난 기쁨이 얼마만인지

필자에게도 신선한 기쁨이다.

　민이숙 시인의 출간을 축하하며. 그 이름 석자를 필자의 가슴에 새기며 논지를 닫는다.